...HÈQUE POPULAIRE.

ANECDOTES

INSTRUCTIVES ET AMUSANTES.

Le Volontaire.
Le Chapeau d'escargots et la
Robe ventre de biche.
Le Pont du Diable.

DEUXIÈME ÉDITION.

MAISON DES ORPHELINS,
Allées des Noyers, 26,

BORDEAUX.

1840.

ANECDOTES

INSTRUCTIVES ET AMUSANTES.

LE VOLONTAIRE.

La plus sublime parabole que contienne l'Evangile, qui en contient tant de sublimes, c'est, à mon gré, celle de l'Enfant prodigue. J'étais bien petit, bien jeune encore et d'âge et d'imagination, quand je lus pour la première fois l'Enfant prodigue, et je ne saurais dire pourtant combien, tout enfant que j'étais, cette magnifique apologie de la maison paternelle me frappa. Et vous savez ce que c'est que la maison paternelle? La maison paternelle, c'est-à-dire ce qu'il y a de plus respectable au monde après Dieu! c'est-à-dire notre famille, notre père, notre mère; ce qui est, tout le temps de la vie, notre appui, notre bonheur, notre consolation! Naissant, c'est la maison paternelle, c'est la famille qui nous berce, qui nous allaite, qui essuie nos pleurs, qui étouffe nos cris avec des baisers; enfant, c'est elle qui soutient et guide tout ensemble les pas de notre corps et ceux de notre esprit; jeune homme, c'est elle qui nous fait notre place dans le monde, c'est elle qui écarte les ronces du chemin que nous parcourons; homme, c'est elle qui nous écoute conter et nos joies et nos peines, deux choses qu'on partage en les comptant et qu'il est si doux de partager; vieillard, c'est elle encore qui nous console, alors même qu'elle n'existe plus que dans nos souvenirs, c'est elle qui nous console, dis-je, de ceux que bientôt il faudra laisser ici-bas en nous rappelant ceux que nous retrouverons là-haut.

Sois bénie, maison paternelle, image du ciel sur la terre, toi qui aides ceux qui sont faibles, toi qui soulages ceux qui souffrent, toi qui pardonnes à ceux qui ont péché! Sois bénie, porte hospitalière toujours prête à s'ouvrir même devant un fils ingrat, dès que le fils ingrat est malheureux!

Vous vous la rappelez, mes amis, cette histoire si simple et si touchante dont je vous parlais tout à l'heure, l'histoire de l'Enfant prodigue; vous vous le rappelez cet enfant revenant en haillons, tête basse, après avoir dissipé son patrimoine, demander humblement un asile, un coin sous le toit de son père, et le père, vous vous le rappelez aussi, tendant les bras à ce fils repentant, et disant à ses serviteurs:

Qu'on se réjouisse et qu'on tue le veau gras, parce que mon fils était perdu, et voilà que mon fils est retrouvé!

Vous vous rappelez tout cela, n'est-ce pas? Eh bien, à quelques variantes près, cette histoire-là est la mienne. Seulement la mienne est plus gaie.

Ecoutez :

..... Mes livres sous le bras, mon bonnet sur l'oreille, je sortais pour aller en classe. Un homme qui passait à cheval m'éclaboussa des pieds à la tête. Je regardai, c'était un hussard, un traîneur qui rejoignait au galop son régiment en marche sur l'étape prochaine.

Il me parut superbe, ce hussard! je le suivis de l'œil jusqu'au tournant de la rue, puis, rabaissant piteusement la vue sur mon piètre costume d'écolier, encore tout couvert de la crotte dont il venait de me couvrir :

« Le bel état, pensais-je, le bel état que l'état de hussard! des brandebourgs, un sabre et un cheval! Parbleu! je veux être hussard. »

J'ai toujours eu la tête chaude et je prends fort vite un parti. Je remontai, je posai là mes livres, je glissai dans ma poche mon extrait de baptême, mon certificat de seconde, et trois chemises de calicot; dans mon gousset trente-cinq francs, toutes mes économies; sans oublier surtout mon bambou, le plus joli petit bambou-nain..... A la dernière marche de l'escalier, le pied déjà posé sur le seuil, je pensai à mon père, mon pauvre père, qui, depuis que ma mère était morte, n'avait plus que moi seul au monde..... j'hésitai.

« Bah! me dis-je, en fronçant les sourcils pour me donner l'air tapageur, dans trois ans j'essuierai ses larmes avec mes épaulettes de capitaine... Qui sait? de colonel peut-être..... Je parie que je reviens général! »

Quand je fus aux portes d'Angoulême (mon premier acte se passe à Angoulême), il me vint une réflexion :

« Où m'engager? me demandai-je. A Bordeaux, c'est là que va mon régiment. Mais Bordeaux est loin : trente lieues! et trente lieues sont longues quand on les fait tout seul. »

J'entrai chez mon ami Numa, un grand garçon de quatorze ans comme moi :

« Veux-tu venir, Numa? — Où ça? — A Bordeaux. Je vais m'engager. — Soldat? — Hussard. — Et de quoi manger en chemin? — N'aie pas peur, gourmand, je suis riche. J'ai de l'argent et du linge pour deux, trente-cinq francs et trois chemises. — En ce cas, soit : engageons-nous..... Dis donc, aimes-tu les chapons? nous en mangerons un à Barbezieux. »

Barbezieux est au quart de la route.

« Va pour un chapon à Barbezieux. »

Il prit sa casquette, je pris son bras, et nous voilà tous deux cheminant.

« Ah ça! Numa, marchons droit et ferme. Il ne s'agit pas de musarder.

— Certes, non; mais j'ai par hasard sur moi de la ficelle et des épingles, et je vois là, dans la mare, des grenouilles, qui, bien accommodées, sont en état de faire un excellent repas. C'est de l'économie, vois-tu : il en faut beaucoup en voyage. »

Au bout d'une demi-heure, nous avions deux grenouilles : quinze minutes par grenouille. Et notez que je dis grenouille comme je pourrais dire crapaud, car nous n'étions pas du tout sûrs de l'espèce de nos prisonniers.

« Tiens, Numa, repris-je en donnant la clé des champs à notre équivoque déjeûner, nous ne sommes pas heureux à la pêche, et franchement les quarts d'heure ont pour nous plus de valeur que les grenouilles.

— C'est mon avis. Mais ce vieux, vieux château qu'on aperçoit là-bas sur la côte et que j'ai tant d'envie de voir, dans une heure nous y serions.

« — Une heure pour aller, une heure pour revenir, cela fait deux heures, Numa.

— C'est en voyage qu'on s'instruit. »

Nous avions beau marcher, marcher, le diable de château (je ne fais que retourner son nom, car il s'appelait le *Château du Diable*) marchait aussi vite que nous ; l'heure était déjà loin, bien loin, que le château n'était guère plus près.

« Voilà encore une leçon, Numa ; à ce train-là, quand arriverons-nous ? »

Numa vit bien que j'avais de l'humeur.

« On apprend à tout âge, » murmura-t-il les yeux baissés.

Nous rejoignîmes silencieusement la grande route. Quand nous eûmes fait ainsi deux ou trois lieues, tout à coup, comme se ravisant :

« Après tout, se prit-il à dire, on peut à la rigueur déjeûner sans grenouilles. »

L'insinuation n'était pas maladroite, mais je ne voulais pas avoir l'air de comprendre.

« Voire même sans chapon, » répondis-je ; et je repris ma taciturnité.

Je n'étais pas fâché de lui faire payer le temps qu'il nous avait fait perdre ; mais déjà je le sentais bien, mon estomac aussi commençait à demander quartier : force était de capituler.

Il y avait près de nous, sur la route, une sorte de petit bouchon ; nous y entrâmes.

« Bonjour, la mère. — Bonjour, mes beaux messieurs. Qu'y a-t-il pour votre service ? — Avez-vous quelque chose à mettre sous la dent ? — Ça dépend ; j'ons du lard, des œufs.... — Savez-vous faire l'omelette aux rognons ? — Si je le sais ! je n'en mangeons pas d'autres, — Diable ! vous êtes gastronome. Eh bien ! donc, donnez-nous-en une. Nous allons faire un tour, en attendant. »

Un quart d'heure après, l'omelette fumait entre nos deux couverts. Je l'approchai de moi pour la servir.

« Quel singulier parfum a donc cette omelette ? dis-je. Oh ! oh ! madame l'aubergiste, êtes-vous bien sûre de vos œufs ?

— Sûre comme de moi-même, mon bon monsieur, » me répondit l'hôtesse en posant la main sur son cœur.

Il n'y avait pas, à moins d'attaquer sa probité personnelle, la moindre chose à répliquer.

« Quant à l'accommodement, ajouta-t-elle, c'est ce que j'ai pu trouver de meilleur. Les plus beaux oignons de mon jardin....

— Oignons, vous dites ! Eh ! mais, j'y suis.... j'ai dit rognons, ma brave femme.

— Ah ben ! j'ai entendu oignons. Au bout du compte, n'y a pas grande différence.

— A prononcer, oui, j'en conviens ; mais à manger, c'est autre chose. »

Cependant, oignons ou rognons, nous dévorâmes l'omelette : l'appétit assaisonne tout. Un peu de beurre et du fromage compléta notre frugal festin, et nous reprîmes notre voyage. Mais, je ne sais pourquoi, notre voyage n'était pas du tout le même que le matin : tous les deux nous ralentissions la marche et tournions, de temps en temps, la tête du côté d'Angoulême; car, nous le sentions bien, ce n'est pas sans regrets que l'on quitte ceux qu'on a aimés si longtemps. Mais une mauvaise honte nous retenait, et, pour rien au monde, nous n'eussions osé, ni l'un ni l'autre, ouvrir l'avis de revenir sur nos pas.

Cependant le ciel commençait à se teindre de lueurs plus sombres, le soleil baissait à l'horizon, les ombres des arbres s'allongeaient dans de gigantesques dimensions, et nos jambes, comme si elles se fussent souvenues que c'était là pour elles l'heure du repos, semblaient disposées à nous refuser le service.

« Y a-t-il encore loin, demandâmes-nous au premier paysan qui passa, d'ici à la première auberge?

— Oun boun quart de ïeue, mes braves messieurs, nous répondit-il dans son patois moitié français, moitié gascon. — Merci. » Nous fîmes une grande lieue pour le moins. Puis, à une vieille bonne femme qui cheminait trottant sur sa monture entre deux paniers, nous répétâmes la même question :

« Y a-t-il encore loin, je vous prie, d'ici à la première auberge ?

— Oun boun quart de *ïeue*, » répliquat-elle juste du même ton et dans les mêmes termes.

Nous marchions toujours, nous arrêtant seulement de temps en temps pour demander le chemin qui nous restait à faire, et toujours ce maudit *quart de ïeue*, qui paraissait interminable. Nous commencions à nous croire condamnés au même supplice que le Juif errant, quand enfin nous vîmes dans le lointain poindre une bien faible lumière : c'était l'auberge. Nous arrivâmes moulus, rompus, nous traînant à peine, et lorsque, pour répondre à notre désir, on nous mena à notre *logis*, un mauvais grenier ouvert à tous les vents, avec des lits plus durs que les bancs du collége, nous nous jetâmes un mutuel regard, qui semblait dire : « Ce n'est pas comme cela qu'on nous loge chez nous. »

Mais le vin était tiré, bon gré, mal gré il nous fallait le boire. Nous nous couchâmes, et puis nous nous endormîmes au milieu des bruits assourdissants de l'auberge, les cris des servantes, les aboiements des chiens, le choc des assiettes et des verres, rêvant au doux silence de notre sommeil ordinaire, qu'interrompaient seuls le bonsoir et le baiser paternels.

Le matin, quand je m'éveillai, le soleil dorait notre chambre de ses premiers rayons. Quelle misérable chambre, bon Dieu! Pour murailles, quelques planches vermoulues, où pendaient de distance en distance de sales lambeaux de papier colorié que l'hôtesse appelait des tableaux; pour siéges, deux escabeaux boiteux, et puis des draps dont la blancheur douteuse annonçait, de toute évidence, le séjour de plus d'un locataire. Tout cela, certes, n'était pas fait pour me donner envie de me rendormir.

« Allons donc, paresseux, debout! criai-je à Numa, qui ronflait.

—Encore un petit quart d'heure, papa », murmura-t-il à demi endormi.

Au souvenir qu'éveillait en moi son erreur, à l'idée de mon père qui, pour la première fois, allait s'éveiller sans me voir, je me sentis prêt à pleurer. Mais, prenant mon courage à deux mains :

« Debout, dis-je au pauvre garçon, en le secouant de toutes mes forces; il est l'heure de se mettre en voyage. »

Il ouvrit lentement les yeux.

« En voyage, il faut d'abord dormir, répondit-il machinalement. Enfin, comme il vit bien que je n'étais pas d'humeur à le laisser tranquille, il se mit, en grommelant,

à s'habiller le moins vite qu'il lui fût possible.

Quand ce fut fini, nous partîmes.

Nous marchions d'un pas assez léger,
mais aussi taciturnes l'un que l'autre. Ce
fut Numa qui rompit le silence.

« A propos, et notre chapon? dit-il. —
Nous ne sommes pas à Barbezieux, répli-
quai-je. — Quand serons-nous à Barbezieux?
— Je ne le sais guère mieux que toi. De-
mande à ce soldat qui passe. — Camarade,
cria Numa, est-ce loin encore, Barbezieux?
— Juste à la moitié de l'étape. — Merci.
Mais qu'est-ce que l'étape? — C'est le chemin que j'ai à faire. — Est-il bien long le
chemin que vous avez à faire? — Dix à
onze lieues à peu près. — Dix à onze lieues
en un jour? — Mon Dieu, oui. — Mais il y
a de quoi tuer un homme! — Laissez donc,
c'est une partie de plaisir. Avec mes trois
sous par lieue, je voyage comme un grand
seigneur. — Un grand seigneur à pied. —
C'est juste. Mais j'ai fait plus d'une fois le
double de la route, le fourniment sur le dos,
et il n'y paraissait pas trop. »

Je me mêlai alors à la conversation : elle
commençait à devenir intéressante.

« Est-ce bien lourd, un fourniment? demandai-je. — Comme ça. De soixante à
quatre-vingts livres. — Grand Dieu! et l'on
porte tout cela soi-même? — Mais dam! avec

cinq sous par jour on ne peut guère se donner un domestique. — Heureusement, repris-je en cherchant à reprendre ma résolution un peu ébranlée par ces révélations militaires, heureusement la cavalerie n'a pas pareil désagrément : c'est au cheval à porter tout. — Parbleu ! je la connais la cavalerie, c'est par-là que j'ai débuté. Mais au diable si j'y retourne ! — Et pourquoi donc ? — Pourquoi ? parce que j'aime mieux être mon valet de chambre que d'être celui de mon cheval. Une bête à lever, à coucher, à brosser, à laver, à étriller, à seller, à brider, sans compter les coups de pied, les coups de dents, les chutes et horions de toute espèce ; et puis, en route, quand on arrive abîmé, harassé, être forcé, au lieu de penser à soi, de penser d'abord à sa monture, bien obligé ! Si jamais je rentre dans la cavalerie, ce sera pour être cheval, mais certes pas pour être cavalier. Et maintenant il faut faire son étape, sinon pas de souper ce soir. En route, dit-il en doublant le pas, en route ! »

Et puis, caressant ses moustaches, il ajouta :

« Ainsi, mes petits messieurs, si jamais la conscription vous attrape, croyez-moi, prenez le sac et le fusil. Mieux valent quatre-vingts livres sur le dos que le plus beau cheval entre les jambes. »

Nous étions restés muets tous les deux, et notre enthousiasme militaire se refroidissait de plus en plus.

« Si nous déjeûnions? » dit Numa, qui ne connaissait pas de meilleure recette pour se distraire.

A la première auberge, nous déjeûnâmes, et peu à peu la gaieté de Numa revint; mais la mienne ne revenait guère et je commençais à me demander si, après tout, la maison paternelle n'était pas plus agréable que la caserne, voire même la caserne des hussards, d'autant plus que mes trente-cinq francs diminuaient déjà à vue d'œil et qu'il n'était pas sûr du tout qu'ils nous conduisissent jusqu'au port.

Il y avait longtemps que je cheminais plongé dans ces sinistres réflexions. Nous entrions enfin à Barbezieux, cette terre promise des chapons, et je voyais, du coin de l'œil, Numa, comme un gourmand qu'il était, passer sa langue sur ses lèvres, quand tout à coup, d'une maison voisine, qui portait pour enseigne : *Gendarmerie royale*, s'élance, le rasoir à la main, la barbe à moitié faite, un homme en manches de chemise, qui, d'un ton plus que rude, me mettant brusquement la main sur le collet :

« Où allez-vous, jeunes gens? » nous dit-il.

Dans tout autre moment, j'eusse ri : c'était vraiment une figure fort grotesque ; coupable comme j'étais, j'eus peur, car, à ses bottes à l'écuyère autant qu'à sa culotte de peau, je le reconnus tout de suite pour un gendarme. C'était un gendarme, en effet, arrivé le matin même à franc étrier tout exprès pour nous arrêter.

L'arrestation ne fut pas difficile. Nous n'avions pas envie de résister ; et notre seule arme, ma canne de bambou, n'eût pas été d'une longue défense. Dès la première sommation, nous nous rendîmes à sa discrétion. On nous fit prisonniers sur parole ; et, la carabine sur l'épaule, notre gendarme se mit en devoir de nous reconduire à Angoulême. C'était, du reste, un bon et honnête gendarme, beaucoup moins dur que je l'avais cru d'abord, et qui, tout le long de la route, nous prodigua des consolations, dont, à coup sûr, nous n'avions nullement besoin. Tout honteux que nous étions et des regards qu'on nous jetait et des suppositions peu charitables qu'on faisait sur notre passage, le dénouement de notre escapade était, au fond, loin de nous affliger.

Ce qui m'effrayait, pour ma part, c'était l'accueil que devait me préparer mon père. Je m'attendais à des reproches, à des menaces ; rien de tout cela. Il me reçut sans prononcer un mot ; seulement je voyais (pauvre père !) de grosses larmes rouler dans ses yeux. Il remit froidement à mon gardien le prix de mon arrestation, cent francs, ses économies de bien longtemps peut-être, car il s'en fallait qu'il fût riche, et onc depuis il ne m'en reparla.

Deux jours après, tout à fait guéri de mes dispositions guerrières, je passais devant l'hospice de la ville, je vis de loin venir mon gendarme escortant quelques hommes en uniforme qui, les fers aux mains, marchaient assemblés deux à deux. Il me reconnut, vint à moi, me serra cordialement la main, et me montrant d'un côté le lugubre édifice, aux fenêtres duquel se montraient quelques hâves et pâles figures, et de l'autre le cortége non moins triste qu'il conduisait : « Eh bien, mon pauvre enfant, me dit-il, voilà pourtant, avec vos petits bras, votre santé délicate et votre éducation d'enfant gâté, voilà pourtant ce qui vous attendait : ou les galères ou l'hôpital, ou la désertion ou la mort. Allez, restez chez votre père ; restez-y le plus longtemps possible ; c'est la meilleure de toutes les garnisons. »

LE CHAPEAU D'ESCARGOTS

ET LA ROBE VENTRE DE BICHE.

Figurez-vous, s'il est possible, un temps abominable, une horreur de temps ; des ruisseaux de la largeur de la rue ; de l'eau sur les trottoirs, de l'eau tombant des toits, des gouttières, du ciel ; de l'eau partout ; un temps de diluvienne mémoire, et tenez, un temps comme celui du printemps dernier, un temps comme il en a fait pendant huit mois dans ce beau pays de France, où les Anglais viennent prendre le soleil, fuyant les brouillards et l'humidité de la Tamise. Vous y êtes, n'est-ce pas ? Eh bien, par ce joli échantillon du mois de mai, figurez-vous maintenant un monsieur, je ne dirai pas bien couvert, il était sans parapluie, mais enfin un monsieur quelconque, clapotant dans une rue de Paris, tenant entre ses bras croisés un énorme sac de papier gris, le tout mouillé comme au sortir d'une école de natation, et courant et criant, l'un portant l'autre, après une voiture dont le conducteur fait semblant de ne pas entendre.

Les conducteurs d'omnibus sont toujours farceurs en temps de pluie ; c'est leur quart d'heure de prospérité : ils sont insolents, c'est tout simple. Cependant ils sont justes, et, comme il y avait une place vacante dans l'omnibus, on arrêta : — Place à droite, cria le conducteur. — Pardon, messieurs, pardon, mesdames, dit le monsieur au sac de papier gris, c'est qu'il fait un temps !... — Mais faites donc attention, dit une dame en robe de soie ventre de biche, vous m'abîmez ma robe. — Pardon, madame, c'est sans le faire exprès; c'est ce gueux de temps, voyez-vous. — Prenez donc garde, monsieur, s'exclame à son tour un gros monsieur de gauche, vous m'inondez ma redingote. — Pardon, monsieur, c'est le temps, voyez-vous.—Eh! monsieur, quand on est trempé comme une soupe, on ne monte pas dans une voiture publique. — Vous avez raison, monsieur, pardon; mais c'est précisément parce qu'il fait mauvais temps, que....., parce que, s'il avait fait beau, je ne vous aurais pas incommodé, ni la société; je ne prends jamais d'omnibus quand il fait beau. Conducteur, voulez-vous bien dire à ces messieurs et à ces dames de me faire un petit bout de place?

— Allons, le côté droit, un peu de complaisance, il y a une place.

A cet ordre suprême du conducteur, un vide se fait sur la banquette droite, et le nouveau venu s'y installe, ruisselant comme une pièce de drap tordue à la vapeur.

— Si monsieur voulait au moins mettre

son grand sac de papier sous la banquette, ça serait moins désagréable, reprend la dame à la robe ventre de biche, monsieur pourrait se *serrer* davantage contre lui-même.

— C'est trop juste, madame, à l'instant même ; bien des pardons ! Scélérat de temps, va ! au 8 de mai !

A un mal inévitable, il n'y a que la patience à opposer ; les co-voyageurs de notre homme s'étaient donc résignés à l'exercice de cette ennuyeuse vertu, et on cheminait sans mot dire, lorsque l'un d'eux clignant l'œil et avisant la robe de soie :

— Pardon, madame, mais il me semble que vous avez au bas de votre robe quelque chose qui ne me paraît pas naturel ; mais je ne me trompe pas, Dieu me pardoune, c'est un escargot !

— Un escargot ! ah ! l'horreur ! sur ma robe de soie, c'est affreux !

En chœur. — Un escargot !

— Voyons. — Voyons un peu. — Voyons voir. — C'est, ma foi, vrai. — Et un superbe encore, d'escargot. — Est-il gros ! — Est-il blanc !

— Pardon, monsieur ; voyez donc, là en bas, à votre droite, sur le bout de votre botte, est-ce que ça n'en serait pas un autre ?

— C'est parbleu vrai. — Mais d'où diable sortent-ils donc, ces escargots ?

Un monsieur d'âge. — Ils sortent de leurs coquilles, monsieur; l'histoire naturelle nous apprend que la faim fait sortir le loup du bois, et que la pluie fait sortir l'escargot de sa coquille.

— Oui, dans la campagne, mais pas dans les omnibus. Chut! bougez pas; en voilà un autre qui file le long du parapluie de monsieur....

— Ah! c'est par trop fort!

— Ça passe la plaisanterie!

— Il y a quelqu'un ici qui a des escargots.

— Oui, il y a quelqu'un qui a des escargots; ça ne peut pas être autrement.

— Il faut visiter tout le monde; ce n'est pas moi, d'abord. — Ni moi. — Ni moi. — Ni moi. — Ni moi.

Quatorze *ni moi* résonnent. Un seul voyageur n'a rien dit : le dernier venu, l'homme déluge, le mouillé, le trempé, l'asphyxié, qui, pendant tout ce tintamarre, n'a cessé de s'éponger avec son mouchoir, dont il exprime le trop plein sous la banquette en glissant sa main entre ses deux jambes. Ce mouvement plusieurs fois répété est enfin remarqué; il éveille les soupçons et rappelle l'énorme sac de papier placé en cet endroit. La draperie de la banquette est aussitôt soulevée, et, à la stupéfaction générale, on aperçoit le gigantesque sac de papier percé en vingt endroits, et d'où s'échappent des myriades d'escargots, se sauvant dans toutes les directions avec armes et bagages. Deux cents de ces cornifères avaient brisé leurs chaînes, et regagnaient, le sac sur le dos, la terre de la liberté.

— Monsieur, c'est une infamie!

— Monsieur, c'est une atrocité!

— Ça n'a pas de nom!

— Il devrait y avoir des lois contre une pareille conduite.

— Eh! messieurs et dames, pas tant de bruit, s'il vous plaît; vous les ahurissez, ces pauvres bêtes. Que Diable! ce sont des escargots, ça ne vous mangera pas, et c'est bon à manger. Moi je les aime, les escargots; je viens de la halle en acheter deux petits cents; y a pas tant de mal à ça; vous devriez plutôt m'aider à les rattraper.

Ce disant, notre homme se met aussitôt en besogne. Le sac de papier est hors de service; son chapeau y suppléera; et d'un, et de deux, par la coquille, par le corps, par les cornes, il les saisit, les plonge au fond de leur nouvelle prison, se remet en chasse, les traque, les poursuit sous les pieds, sur les pieds, sur les mollets, autour des mollets, le long des cannes, des parapluies, des cabas, des robes, des pantalons; ses bras, ses mains s'allongent, s'étendent à droite, à gauche; le chapeau

s'emplit, mais à chaque fois qu'il y revient
écrouer de nouveaux déserteurs, une nouvelle lutte s'engage sur le bord du chapeau, autour du chapeau formidablement
garni de nombreux bataillons qui mettent à
fuir toute l'activité que leur permet leur
nature coulante, glissante et fourvoyante.

Les dames, qui, d'abord, dans leur colère et leur effroi, n'avaient songé qu'à serrer hermétiquement leurs robes autour de
leurs jambes; les hommes, qui avaient
glissé leurs pantalons dans leurs bottes, ne
songent plus à garder leur sérieux; un fou
rire s'empare de toute la voiturée : les
femmes se pâment, les hommes se renver-
sent; le conducteur s'abandonne à la pro-
tection de sa courroie, jurant que de sa vie
il n'a vu une si grande mêlée de bêtes; le
cocher ne sait que dire de ce remue-mé-
nage, et pense un moment à fouetter ses
chevaux vers Charenton, maison de fous.
Deux minutes encore, et tout ce monde va
devenir frénétique. La robe ventre de biche
surtout avait une congestion de la rate; elle
ne peut parler, elle ne peut crier; elle fait
au conducteur un geste de la main pour in-
diquer qu'elle veut descendre, se soulève
de sa place, et saisit la courroie longitudi-
nale pour mieux expliquer son intention;
le conducteur, toujours ivre-fou, tire le
cordon attaché au bras du cocher de ma-

nière à le renverser de son siége ; celui-ci, dans la plus grande colère, tire les rênes avec fureur, et fait reculer la voiture si brusquement, que la robe ventre de biche, en ce moment toute droite dans la voiture, est culbutée par le contre-coup, et tombe à la renverse sur le chapeau d'escargots, qu'elle écrase, contenant et contenu.

Et voilà pourquoi comparaissaient, huit jours après, devant M. le juge de paix, M. L...., perruquier-coiffeur, réclamant sa coiffure et ses escargots détruits par le fait de Mlle D...., et Mlle D...., couturière, réclamant le dommage causé à sa robe de soie ventre de biche par l'effet des escargots et du chapeau de M. L....

Témoins ouïs de part et d'autre, M. le juge de paix a renvoyé les parties devant arbitres, pour, après leur rapport, juger ce qu'il appatiendra.

LE PONT DU DIABLE,

LÉGENDE SUISSE (1).

Si vous avez voyagé en Suisse, dans le canton d'Uri, vous aurez vu sur la Reuss le pont du diable.

La tradition à laquelle il doit son nom est peut-être une des plus curieuses de toute la Suisse. Elle amusera sans doute mes lecteurs, auxquels je la donne comme un écrivain célèbre l'a apprise dans le pays.

La Reuss, qui coule dans un lit creusé à vingt mètres de profondeur, entre des rochers coupés à pic, interceptait toute communication entre les Grisons et les gens d'Uri. Cette solution de continuité causait un tel dommage aux deux cantons limitrophes, qu'ils rassemblèrent leurs plus habiles architectes, et qu'à frais communs, plusieurs ponts furent bâtis d'une rive à l'autre, mais jamais assez solides pour qu'ils résistassent plus d'un an à la tempête, à la

(1) Quoique ce fait n'ait rien de vrai, cependant la foi catholique nous apprend que Dieu peut donner aux *mauvais esprits* un pouvoir bien plus grand encore que celui que nous leur voyons ici. Le moyen âge avait créé une multitude de ces récits ou légendes dans lesquels il introduisait le diable comme acteur ; celle-ci nous a paru, sous tous les rapports, intéressante pour le lecteur.

crue des eaux ou à la chute des avalanches. Une dernière tentative de ce genre avait été faite vers la fin du XIVe siècle, et l'hiver presque fini donnait l'espoir que cette fois le pont résisterait à toutes les attaques, lorsqu'un matin on vint dire au bailli de Goschenen que le passage était de nouveau intercepté.

— Il n'y aura que le diable, s'écria le bailli, qui puisse nous en bâtir un.

Il n'avait pas achevé ces paroles, qu'un domestique annonça messire Satan.

— Faites entrer, dit le bailli.

Le domestique se retira et fit place à un homme vêtu à la manière allemande, portant un pantalon collant de couleur rouge, un justaucorps noir fendu aux articulations des bras, dont les crevés laissaient voir une doublure couleur de feu; sa tête était couverte d'une toque noire, coiffure à laquelle une grande plume rouge donnait, par ses ondulations, une grâce toute particulière. Quant à ses souliers, ils étaient arrondis du bout, et un grand ergot, pareil à celui d'un coq, et qui adhérait visiblement à sa jambe, paraissait destiné à lui servir d'éperon, lorsque son bon plaisir était de voyager à cheval.

Après les compliments d'usage, le bailli s'assit dans un fauteuil, et le diable dans un autre; le bailli mit ses pieds sur les chenets, le diable posa tout bonnement les siens sur la braise.

— Eh bien! mon brave ami, dit Satan, vous avez donc besoin de moi?

— J'avoue, monseigneur, répondit le bailli, que votre aide ne nous serait pas inutile.

— Pour ce maudit pont, n'est-ce pas?

— Eh bien?

— Il vous est donc bien nécessaire?

— Nous ne pouvons nous en passer.

— Ah! ah! fit Satan.

— Tenez, soyez bon diable, reprit le bailli après un moment de silence; faites-nous-en un.

— Je venais vous le proposer.

— Eh bien! il ne s'agit donc que de s'entendre.... sur....

Le bailli hésita.

— Sur le prix, continua Satan, en regardant son interlocuteur avec une singulière expression de malice.

— Oui, répondit le bailli, sentant que c'était là que l'affaire allait s'embrouiller.

— Oh! d'abord, continua Satan, en se balançant sur les pieds de derrière de son fauteuil et en affilant ses griffes avec le canif du bailli, je serai de bonne composition sur ce point.

— Eh bien! cela me rassure, dit le bailli; Le dernier nous a coûté 60 marcs d'or, nous doublerons cette somme pour le nouveau; mais c'est tout ce que nous pouvons faire.

— Eh! quel besoin ai-je de votre or? reprit Satan; j'en fais quand je veux : tenez.

Il prit un charbon tout rouge au milieu du feu, comme il eût pris une praline dans une bombonnière.

— Tendez la main, dit-il au bailli.

Le bailli montrait de l'incertitude.

— N'ayez pas peur, continua Satan.

Et il lui mit entre les doigts un lingot de l'or le plus pur, et aussi froid que s'il fût sorti de la mine.

Le bailli le tourna et le retourna en tous sens; puis il voulut le lui rendre.

— Non, non, gardez, reprit Satan, en passant d'un air suffisant une de ses jambes sur l'autre; c'est un cadeau que je vous fais.

— Je comprends, dit le bailli, en mettant le lingot d'or dans son escarcelle, que si l'or ne vous coûte pas plus de peine à faire, vous aimez autant qu'on vous paie avec une autre monnaie; mais comme je ne sais pas celle qui vous peut être agréable, je vous prierai de faire vos conditions vous-même.

Satan réfléchit un instant.

— Je désire que l'âme du premier individu qui passera sur ce pont m'appartienne, dit-il.

— Soit, dit le bailli.

— Rédigeons l'acte, dit Satan.

— Dictez vous-même.

Le bailli prit une plume, de l'encre et du papier, et se prépara à écrire.

Cinq minutes après, un sous-seing en bonne forme, *fait double et de bonne foi*, était signé par Satan, en son propre nom, et par le bailli, au nom et comme fondé de pouvoirs de ses paroissiens.

Le diable s'engageait formellement par cet acte à bâtir dans la nuit un pont assez solide pour durer cinq cents ans ; et le magistrat, de son côté, concédait, en paiement de ce pont, l'âme du premier individu que le hasard ou la nécessité forcerait de traverser la Reuss sur ce passage diabolique que Satan devait improviser.

Le lendemain, au point du jour, le pont était bâti.

Bientôt le bailli parut sur le chemin de Goschenen ; il venait vérifier si le diable avait accompli sa promesse. Il vit le pont, qu'il trouva fort convenable, et à l'extrémité opposée à celle par laquelle il s'avançait, il aperçut Satan, assis sur une borne, et attendant le prix de son travail nocturne.

— Vous voyez que je suis homme de parole, dit Satan.

— Et moi aussi, répondit le bailli.

— Comment, mon cher Curtius, reprit le

diable stupéfait, vous dévoueriez-vous pour le salut de vos administrés?

— Pas précisément, continua le bailli en déposant à l'entrée du pont un sac qu'il avait apporté sur son épaule, et dont il se mit incontinent à dénouer les cordons.

— Qu'est-ce? dit Satan, essayant de deviner ce qui allait se passer.

— Prrrrrroooou, dit le bailli.

Et un chien traînant une poêle à sa queue, sortit tout épouvanté de son sac, et, traversant le pont, alla passer en hurlant aux pieds de Satan.

— Eh! lui dit le bailli, voilà votre âme qui se sauve; courez donc après, monseigneur. Satan était furieux; il avait compté sur l'âme d'un homme, et il était forcé de se contenter de celle d'un chien. Il y aurait eu de quoi se damner, si la chose n'eût pas été faite. Cependant, comme il était de bonne compagnie, il eut l'air de trouver le tour très-drôle, et il fit semblant de rire tant que le bailli fut là; mais à peine le magistrat eut-il le dos tourné, que Satan commença à s'escrimer des pieds et des mains pour démolir le pont qu'il avait bâti; il avait fait la chose tellement en conscience, qu'il se retourna les ongles et se déchaussa les dents avant d'en avoir pu arracher le plus petit caillou.

— J'étais un bien grand sot, dit Satan.

Puis, cette réflexion faite, il mit les mains dans ses poches, et descendit les rives de la Reuss, regardant à droite et à gauche, comme aurait pu le faire un amant de la belle nature.

Cependant, il n'avait pas renoncé à son projet de vengeance; ce qu'il cherchait des yeux, c'était un rocher d'une forme et d'un poids convenables, afin de le transporter sur la montagne qui domine la vallée et de le laisser tomber de 500 pieds de haut sur le pont que lui avait escamoté le bailli de Goschenen.

Il n'avait pas fait trois lieues, qu'il avait trouvé son affaire.

C'était un joli rocher, gros comme une des tours de Notre-Dame.

Satan l'arracha de terre avec autant de facilité qu'un enfant aurait fait d'une rave, le chargea sur son épaule, et, prenant le sentier qui conduisait en haut de la montagne, il se mit en route, tirant la langue en signe de joie, et jouissant d'avance de la désolation du bailli quand il trouverait le lendemain son pont effondré.

Lorsqu'il eut fait une lieue, Satan crut distinguer un grand concours de populace. Il déposa son rocher par terre, grimpa dessus, et, arrivé au sommet, aperçut distinctement le clergé de Goschenen, croix en tête et bannière déployée, qui venait de bénir le Pont-du-Diable.

Satan vit bien qu'il n'y avait plus rien à faire pour lui. Il descendit tristement, et rencontrant une pauvre vache qui n'en pouvait mais, il la tira par la queue et la fit tomber dans un précipice.

Quant au bailli de Goschenen, il n'entendit jamais reparler de l'architecte infernal. Seulement, la première fois qu'il fouilla à son escarcelle, il se brûla vigoureusement les doigts ; c'était le lingot qui était redevenu charbon.

Le pont subsista 500 ans, comme l'avait promis le diable.

Un pont nouveau est venu lui voler son nom ; mais l'ancien existe encore tout à côté.

FIN.

BORDEAUX. IMPRIMERIE D'ÉMILE CRUGY, Rue et hôtel Saint-Siméon, 16.